AF461291

PARIS EN 1883

CROQUIS PARISIEN

OUVRAGES DE L'AUTEUR

Feuilles Fanées.
Le Collier de Perles.

E. CARREY

PARIS EN 1883

CROQUIS PARISIEN

FATMAH

PARIS-AUTEUIL
IMPRIMERIE DES APPRENTIS-ORPHELINS. — ROUSSEL
40, RUE LA FONTAINE, 40

1883

Tous droits de reproduction et de traduction réservés.

8° Z le Senne 13.458

Oh ! toi que j'aperçus dans la nuit étoilée,
Être mystérieux comme un flambeau divin,
Que toujours dans mon cœur ton image voilée,
Reste mon idéal et trace mon chemin.

E. CARREY.

PARIS EN 1883

Se vend entièrement au bénéfice des petits Orphelins d'Auteuil.

40, Rue La Fontaine, 40.

PROMENADE DANS PARIS

Voici l'immense ville, où se mêle la foule,
Qui vient du monde entier sur de lointains vaisseaux ;
Paris est une mer dont la vague se roule
En confondant toutes les eaux.

C'est là que bien souvent, à travers les années,
On retrouve un ami que l'on croyait perdu ;
C'est là qu'on voit passer têtes découronnées.
Tout dans Paris est confondu.

Ces boulevards bruyants sillonnés d'équipages,
Où passe l'honnête homme et le banqueroutier,
Où l'œil est ébloui par tous ces éclairages,
Sont les plus beaux du monde entier.

C'est un fouilli mêlé : partout une cohue.
Quel est ce vieux monsieur qui passe en habit noir?
Traversant la chaussée, un cocher lui crie hue
Avant de quitter le trottoir.

Voici, regardez-les, passer deux jeunes femmes
L'une a le front hautain, le geste gracieux,
Mais l'autre? examinez : il semble que des flammes
Viennent illuminer ses yeux.

La première a passé ; c'est une femme honnête,
Si vous l'envisagez d'un air trop courtisant,
En fermant ses longs cils, elle baisse la tête,
Sans vous regarder en passant.

Tenez ! un écrivain: sa mise est débraillée
Et son veston trop court, il marche d'un pas lent ;
Il traîne en dandinant une botte éculée
Cet homme n'a pas de talent.

Ah ! regardez passer un homme de génie
Poursuivant l'idéal à travers son chemin.
Rien ne l'arrêtera des luttes de la vie :
Il poursuit un alexandrin.

Quand on se sent au cœur une flamme sacrée
Qu'on a le front marqué du signe de l'élu,
Et qu'on a pour enfant une chose créée,
On se sent fort et résolu.

Messieurs, fleurissez-vous, voici, voici, des roses !
Avec du lilas blanc, j'ai de toutes les fleurs
Examinez-les bien ; elles sont frais écloses
J'en ai de toutes les couleurs.

La fillette est pâlie et sa voix est tremblante ;
Mais en vous regardant, d'un petit air coquet :
Voulez-vous, pour deux sous, une rose énivrante,
Dit-elle, en offrant un bouquet.

Quittons les boulevards, remontons l'avenue ;
Mais ne dirait-on pas qu'il pousse des gazons ?
Et, levant les yeux vers la nue,

On voit des écriteaux sur toutes les maisons.
Paris, comme un blessé qui cache sa souffrance,
Dissimule surtout aux yeux de l'étranger :
Il ne peut pas crier: moi, le cœur de la France,
Regardez, je suis en danger !

Ses hôtels sont déserts, aussi plus de fumée
Et celui qui venait pour y jeter de l'or,
N'y vient plus maintenant, à l'heure accoutumée,
Préférant garder son trésor.

Pourquoi, dit-il, tout bas, aller dans cette ville
Où tous les jours on voit un ministre nouveau,
Où sur l'emplacement de l'ancienne Bastille,
La liberté gémit dans un tombeau.

Paris! adieu Paris! toi, la reine du monde,
Qui, le front couronné de guirlandes de fleurs,
Enfermes dans ton sein ta peine si profonde,
Pour dissimuler tes douleurs!

Quand luira-t-il pour toi ce jour de délivrance,
Ce jour où, secouant tes enfants du sommeil,
Tu leur diras tout bas que le Dieu de la France
Les attend au prochain réveil?

LA FÊTE DU 14 JUILLET

La France va donner une bien belle fête ;
Et partout l'on verra flotter son fier drapeau
Mais ne sentez-vous pas ce souffle de tempête
Qui la fait frissonner en marchant au tombeau ?
Il est temps de lever enfin ta tête altière,
De chasser de ton sein ces graves potentats
Qui traînent dans la fange, en hurlant, la bannière
Qu'a rougie autrefois le sang de tes soldats.
Au nom de liberté, tu subis l'esclavage,
Et tu vas à la mort te courbant sous l'affront ;
Aurais-tu dans le sang un reste de servage
Que tu n'oses bientôt plus relever le front?
Tout s'étiole chez-toi, les armes, l'industrie.

Et ton sang appauvri, ton vieux sang de vainqueur,
Coule avec ton honneur, oh ! ma belle patrie,
Dis-moi ne sens-tu plus battre ton noble cœur ?
Pourquoi l'as-tu chassé celui dont la prière,
Nous a dit ce grand mot: aimez-vous, aimez-vous.
France, de tes enfants, si tu veux être fière,
Oh ! laisse leur un Dieu pour qu'il veille sur nous.
Tu ne veux plus prier celui que l'on implore,
Que tu reconnaissais dans ton grand désespoir ;
Au lieu de voir flotter ton drapeau tricolore,
C'est un signe de deuil, oui, c'est un drapeau noir !

LA LIBERTÉ

Avez-vous vu passer dans la nuit étoilée,
Une femme traînant de longs habits de deuil?
Elle marche à pas lents, la figure voilée,
Plus pâle qu'une morte arrachée au cercueil.
Tout bas elle se dit : Pourquoi suis-je inconnue?
Car c'est moi qui remplis toute l'immensité,
Mon nom seul, suffirait à balayer la nue :
Je suis ce souffle ardent qu'on nomme Liberté !
A ma voix, autrefois, on remuait le monde,
Mais je suis enchaînée et je traîne mes pas,
Car l'on creuse pour moi, la fosse bien profonde,
En France et l'on se dit : on ne l'entendra pas !
Je voudrais secouer ce trop dur esclavage,
Car j'éprouve, ici-bas, les tourments des enfers ;
Mais le peuple français qui me tient en servage,
A mon corps amaigri rive de nouveaux fers.

Français, est-ce pour moi que, loin de la Patrie,
Tu veux les envoyer tes Princes couronnés ?
Serait-ce maintenant que ton âme est flétrie,
Que tu ne veux rougir devant ces détrônés ?
Autrefois, d'une main ils tenaient ta bannière
Et chacun s'inclinait et se courbait bien bas ;
La France alors levait la tête et passait fière.
Français, oh ! réponds-moi, ne t'en souviens-tu pas ?
On se sert de mon nom, et cela m'humilie,
Pour chasser de partout la sœur de charité,
Je demande à genoux, Français, je vous supplie;
Ne laissez pas ; mourir la pauvre Liberté !
Je sais, chacun le dit, que le peuple murmure,
On veut me délivrer et briser ma prison,
Mais pour me retrouver sans ma pesante armure
Il faudrait un soleil éclairant l'horizon.

———

LA SŒUR DE CHARITÉ

Elle marche à pas lents, les paupières baissées
Et roulant dans ses doigts, les grains d'un chapelet,
Poursuivant son chemin plein de tristes pensées,
Sous sa cornette blanche au vaste bavolet.
Regardez-la marcher, cette femme qui passe;
Elle n'a qu'un souci, le soin des malheureux.
Et les petits enfants qui recherchent sa trace
Lui font un doux sourire et se trouvent heureux.
Elle vole au chevet d'une pauvre mourante,
D'une mère en pleurant qui lui dira tout bas,
En lui pressant la main : Ah ! je suis expirante,
Mais, mes pauvres enfants, ne les oubliez pas !
Et quand elle aura clos pour toujours sa paupière
Tremblante elle prendra, dans le petit berceau
Le petit orphelin, lui servira de mère,
En lui montrant Jésus veillant sur un tombeau.

Cette femme connaît la vie et la souffrance ;
Jamais sur son chemin n'a rencontré de fleurs,
Mais elle porte au cœur une sainte espérance,
En celui qui connaît et guérit les douleurs ;
Son cœur est accessible à toutes les misères
Car il est si souvent rabattu par les flots,
Qu'il ne peut pas lutter au milieu des rivières
De tant de pleurs et de sanglots.
Cette femme à seize ans, avait fait un doux rêve,
Comme on en fait parfois sous le ciel étoilé.
Hélas! il s'est brisé sans espoir qu'il s'achève
Depuis ce moment-là, son regard s'est voilé;
Alors tout pour le ciel, oui, tout pour l'autre vie,
Pour l'amour de ce Dieu qui le cœur grand ouvert
Appelle les petits, les humbles et nous convie
A regarder plus haut puisqu'il a tant souffert !
Inclinez-vous bien bas, cette femme qui passe,
C'est une sœur de charité;
Rien n'arrête ses pas, ni le froid ni la glace
Rien excepté la ... liberté.

LA MENDIANTE

Pitié, pitié pour moi, je vous demande en grâce
De me donner du travail ou du pain :
Car mes enfants ont faim ; mettez-vous à ma place !
Et pourrais-je attendre demain ?

En les quittant ce soir, dans ma pauvre demeure
La plus jeune m'a dit tout bas :
Je ne veux rien, maman, il vaut mieux que je meure,
On est plus heureux n'est-ce pas?

Si vous saviez, mon Dieu, ce que souffre une mère
En voyant ses enfants périr
Par le froid par la faim, par l'atrôce misère,
Oh ! je crois, qu'il vaut mieux mourir.

Quand je vous vois, passer brillantes et parées
Tenant votre enfant par la main,
Que je suis là qui pleure, et pendant des soirées,
Sans avoir un sou pour du pain.

Je n'éprouve pourtant ni regrets ni colère
 En vous voyant d'un air vainqueur,
Passer auprès de moi, la tête droite et fière ;
 Non rien qu'un serrement de cœur.

Ce n'est pas du velours, de l'or, de la dentelle,
 Que je voudrais avoir,
Mais c'est tout simplement un gilet de flanelle
 Pour ma Nina le soir.

Elle aura ses cinq ans quand fleuriront les roses
 Aux premiers rayons du soleil ;
Ses yeux sont si brillants ! ses pommettes si roses !
 Mais elle n'a pas de sommeil.

Depuis longtemps déjà, elle tousse et peut-être
 En vous tendant ses petits bras,
La pitié vous prendra regardant ce jeune être
 Vous implorant tout bas.

Mais non ! ils ont passé sans détourner la tête,
 Sans rien me mettre dans la main ;
Oh ! viens, viens, mon enfant, la Seine est toute prête :
 Nous ne souffrirons plus demain.

SOLDATS

Soldats français, enfants de la patrie,
Qui soutenez l'honneur de son drapeau,
Pleurez sur elle aujourd'hui si flétrie;
En chancelant elle marche au tombeau;
Non, ce n'est plus la nation si fière
Qui s'en allait, en portant haut le front
De ses enfants sous sa noble bannière:
Elle a reçu le plus sanglant affront.
Oh ! liberté, noble et belle devise
Devras-tu donc recevoir notre adieu ?
C'est en ton nom qu'en France on sape, on brise,
Et la noblesse et qu'on démolit Dieu.
Soldats français, autrefois sur le monde
Quand tu posais enfin ton pied vainqueur,
On s'inclinait sur la terre et sur l'onde,
Et la fierté faisait battre ton cœur:

Et maintenant, montre-nous ton prestige ;
Tu n'oses pas et voilà le danger;
Comme une fleur dont on brise la tige,
Tu dois plier devant tout l'étranger:

Pleurez, soldats, sur votre pauvre France ;
Vous la voyez près du dernier sommeil:
Mais, en mourant, un cri de délivrance
Peut d'un seul coup, la remettre au soleil.

LE JOURNALISTE A LA MODE

Chaque jour on l'attend, chaque jour on l'appelle,
Et lorsque son journal, qui paraît aujourd'hui,
Insère en grand format, la petite nouvelle,
Chacun de s'écrier : Oh ! comme c'est bien lui !
Car tout Paris le lit : il n'est pas une femme,
Dans son joli boudoir en veste de satin,
Qui n'ait dans son regard une rapide flamme
Lorsqu'elle voit son nom, au journal du matin.
C'est lui, presque toujours, qui fait les renommées.
Aussi voit-il le monde entier à ses genoux :
Artistes, beaux seigneurs, grandes dames aimées
Viennent auprès de lui causer d'un air bien doux.
Vous serez, n'est-ce pas, de ma prochaine fête ?
Lui dit une comtesse au superbe blason.
Vous m'acompagnerez, je le veux, pour la quête,
Dit l'étoile du jour brillant à l'horizon.

A peine à son bureau restera-t-il une heure ;
Il ne veut recevoir que gens de qualité.
Les importuns surtout demandent sa demeure
Avec un sans façon manquant de dignité.

Au théâtre et partout on le cherche, on l'acclame,
Chacun veut près de lui se placer au grand jour ;
Il reçoit chaque soir mille épîtres de flamme ;
Et même très souvent s'y glisse un mot d'amour.

Ah ! ne l'enviez pas ! cet homme souffre et pleure !
Il voudrait être seul dans son coin relégué,
Il ne jouit de rien, triste dans sa demeure
Il a tant de plaisirs qu'il en est fatigué.

Le théâtre l'ennuie et la foule l'énerve,
Chaque ami n'est pour lui qu'un bien plat courtisan,
Dans la femme il ne croit plus trouver de Minerve ;
Il regarde d'en haut et d'un œil méprisant.

On dit qu'il a reçu de dame Déjanire
La tunique qu'il doit emporter au cercueil.
Il est blasé, brûlé, mais la foule l'admire,
Il ne reste chez lui debout qu'un grand orgueil.

FONDS DE COMMERCE A VENDRE

OU LES MÉSAVENTURES D'UN PROVINCIAL

Oui, tout là-bas, au fond de sa contrée,
Il a trouvé que son ciel était gris ;
Sans calculer le temps ni la durée,
Il a juré de venir à Paris.

Il a rêvé, car on rêve au village,
Qu'un jour viendrait, qu'il gagnerait de l'or,
Qu'étant rangé, sobre dans son ménage,
Tout doucement il ferait un trésor.

En arrivant dans cette ville immense
Ne sachant pas à quel saint s'adresser,
« Il faut toujours un violon pour la danse »
C'est un hôtel qu'il veut pour se lancer.

Mais dans la rue, il cherchera, peut-être,
Qu'il trouvera le meilleur des bureaux.
En lettres d'or pointe sous la fenêtre:
« Renseignements discret, commerciaux. »

Il a trouvé cela, c'est son affaire.
D'un coup discret, il frappe doucement,
En demandant à cet homme d'affaire,
Un tout petit simple renseignement.

L'homme, discret relevant ses lunettes,
Lui dit : Monsieur, c'est une occasion,
Que voulez vous, les femmes sont coquettes,
Et vous ferez fortune à la maison.
Oh ! laissez-moi vous conter cette histoire,
Car celle-là c'est bien la vérité :
La femme est jeune et, vous pouvez me croire,
Elle a besoin d'un peu de liberté.
Dans celui-ci qu'aujourd'hui je vous donne
Sont des marquis et des princes du sang,
Tous les clients portent une couronne,
Et votre hôtel tiendra le premier rang.
Le Provincial, en pensant à sa femme,
Fut tout d'un coup infiniment flatté.
Il sentit même une orgueilleuse flamme :
Je le verrai, dit-il avec bonté.

Dans un instant, il prit un fiacre à l'heure
Et s'en alla visiter ce château,

Qui lui parut une belle demeure ;
Ses yeux étaient recouverts d'un bandeau.
Marché conclu! tous les jours le pauvre homme,
De son hôtel allait faire le tour ;
N'en dormait plus, où, s'il faisait un somme,
Il attendait anxieux le grand jour.
Enfin chez lui ! Dieu quelle délivrance !
Et ses clients enfin il va les voir ;
Mais on lui dit : qu'aujourd'hui pour la France
Ils sont partis, sans attendre le soir.
Le cœur rempli de crainte et de tristesse
Il veut aller se plaindre de sa main,
Mais on lui dit : c'est une maladresse,
Ils sont partis, ils reviendront demain.
Mais il attend en vain pendant l'année ;
Les voyageurs ne veulent plus venir,
Et sa maison se trouve abandonnée !
Voilà Paris et le sombre avenir.
Il veut revendre et ne peut à cette heure.
Tous les hôtels sont en vente je crois,
Triste et rêveur, sombre dans sa demeure
Il faut rester puisqu'il n'a pas le choix.

Ces vers empreints d'une certaine légèreté sont cependant d'une rigoureuse exactitude. Les hôtels de Paris sont déserts et sont, à quelques exceptions près, tous à vendre.

Vous pouvez vous informer.

LA PARISIENNE

Elle a le don inné de suprême élégance,
Et toujours dans la rue elle mettra du noir,
Son vêtement, bordé d'une petite gance,
Elle garde rubans et bijoux pour le soir;
On le dit : mais tout bas qu'elle est un peu coquette
Et rêveuse à l'excès, qu'elle aime le roman.
Mais sa fleur préférée oh ! c'est la violette,
Et chacun reconnaît qu'elle est bonne maman.
Comme il est bien paré, son beau chérubin rose!
Le tenant par la main. de quel air de fierté
Elle passe en rêvant, et son pied ne se pose
Qu'avec un air décent et plein de dignité.
Elle rêve pour lui l'avenir plein de gloire,
Des succès ! des bravos ! un nom très glorieux.
Voilà la Parisienne et vous pouvez me croire,
Celui qui la possède oh ! c'est un homme heureux.
Je puis vous affirmer que le fond de son âme,
Il est toujours rempli par l'amour maternel,
Et si Dieu dans ses yeux mit un rayon de flamme
C'est qu'il savait qu'on doit lui dresser un autel.

UN RÊVE DE POETE

Je vois rouler le char d'Apollon sur les nues,
Qui s'ouvrent en laissant les Heures de la nuit,
Semer les astres d'or, effleurant demi nues,
Les rayons argentés de la lune qui fuit.
L'aurore en se penchant sur moi sème des roses,
Et la muse qui tient son luth harmonieux,
Pendant que je m'endors les paupières mi-closes,
Fait glisser sur ma lyre un chant mélodieux :
Viens, dit elle, en rêvant au milieu des étoiles,
Nous allons retrouver Vénus avec sa cour !
Il faut t'enveloper dans les plis de tes voiles,
Car voici Cupidon, c'est le Dieu de l'amour.
Je sentis à ces mots comme une douce ivresse,
Et soudain je pâlis, je me mis à trembler.
Il passa sur mon front un souffle, une caresse
Et dès cet instant-là je ne pus plus parler.

Il pencha jusqu'à moi sa chevelure blonde,
Ce Dieu vint m'effleurer comme pour me baiser,
Il m'arracha... le cœur et le jeta dans l'onde,
Je le vis dans la nuit lentement se briser.
Depuis ce moment-là, toujours dans un nuage,
L'aurore en se jouant me recouvrait de fleurs;
Mon sein vide, muet, contenait un orage,
Et quand il éclata, je vis couler mes pleurs.
Mais pour me consoler, la douce poésie
M'a mis des ailes d'or en murmurant tout bas :
Vas, tu pourras voler suivant ta fantaisie,
Mais tu n'auras jamais un amour ici-bas !

Qui vient de m'éveiller? c'est un cygne qui passe ;
Il retourne là haut en effleurant nos bois,
Il emporte ma lyre avec lui dans l'espace,
Ne me laissant qu'une aile ou plume entre les doigts.

LA VIE

Tous nous vivons ici sans repos et sans trêve,
Et la Paix ne nous vient; que dans notre cercueil ;
Notre vie a passé, passera comme un rêve,
Dieu lui seul, reste grand et debout sur le seuil.
Oh ! Toi, le Tout-Puissant, qui régis tous les mondes,
De quelle essence es-tu, toi la Divinité,
Qui peux dans un instant, en soulevant les ondes
Nous montrer durement notre fragilité ?
Dis-nous pourquoi tu fis ainsi les nuits si belles,
En tenant dans ta main ces fils mystérieux,
Et si nous devons croire aux âmes immortelles ?
Est-ce pour nous, réponds, que tu créas les cieux ?
On le dit et je crois que c'est un temps d'épreuve
Que nous devons passer dans ce monde maudit,
Ne pourrais-tu, dis-nous, en montrer une preuve ?

Pouvons-nous, devons-nous croire ce qu'on nous dit?
Et s'il en est ainsi, tous à la même chaîne,
Si nous devons tourner, nous tenant par la main,
Pourquoi dans notre cœur, nous donnas-tu la haine ?
Pourquoi fis-tu mauvais le pauvre genre humain ?
Nous devrions ici, puisque nous sommes frères,
Et que tous sont régis par la commune loi,
Nous aider à porter le poids de nos misères,
Et n'avoir d'autre but et d'autre espoir qu'en toi !
Puisque tous nous passons par cette même route,
Pourquoi quelques mortels plantent-ils sur ses bords,
Une tente, un abri ? veulent-ils goutte à goutte,
S'épuiser à longs traits sans crainte et sans remords.
Ceux-là, ce sont les fous, comme ils sont bien plus
Ceux qui, sans s'attacher aux plaisirs d'ici-bas, [sages
D'un œil indifférent contemplent les rivages,
Où tous, nous échouons après notre trépas.

A DIEU

Pourquoi donc allons-nous, dans une nuit profonde,
Sans pouvoir seulement régir un sentiment ?
Pourquoi le genre humain roule-t-il comme l'onde,
Et d'où peut nous venir un tel abaissement?
Lorsque Dieu nous créa, qu'il nous mit sur la terre,
Il le savait déjà que nous devions souffrir.
Et, lorsqu'il eût formé notre première mère,
Avant de nous créer, nous condamne à mourir.
Bien avant que son fils fut venu dans ce monde,
On entendait déjà les lointaines rumeurs
Des siècles écoulés dans la peine profonde
Qui se plaignaient à lui, par de sourdes clameurs.
Depuis le premier jour· l'humanité murmure
Chacun se dit tout bas : pourquoi sommes-nous là ?
Que faisons-nous ici ? pourquoi cette nature ?
Et si nous essayions de mettre le holà?

Mais nous sommes régis par une loi suprême
Et nous devons marcher sans repos jusqu'au bout,
Si nous nous révoltons, il faut suivre de même,
Un homme ne peut pas même rester debout !
Vous avez vu les flots se briser sur la plage,
Mais depuis deux mille ans on les vit, avant nous ;
Comme eux toujours battus sur le même rivage,
Les humains reviendront dans le même remous.
Pourquoi Dieu nous fit-il un jour à son image
Sans nous donner la clé de cette immensité ?
Pourquoi nous montre-t-il toujours comme un mirage
Ce mot qui redit tout pour nous : éternité ?
Oui nous devons rouler dans le monde et l'espace
Et dans chacun de nous hélas ! nous retrouvons
Des siècles écoulés et l'empreinte et la trace,
Et les humains en chœur disent : Nous le savons !
Quand du dernier sommeil on dort sous une pierre,
Que les vers en rampant, sont venus nous ronger,
Après vingt ans on voit un petit peu de terre,
Quelquefois sur la tombe, il pousse un oranger.
Ce fruit que nous mangeons, parcelle de nous-même !
Car rien ne se produit au monde de nouveau
Le ciel et l'océan et la terre elle-même,
Et la vie et l'amour, la mort et le tombeau.

Pourquoi Dieu qui régit ainsi la destinée,
Nous laisse-t-il parfois un peu de liberté?
Au mystère éternel si l'âme est condamnée,
Alors, à quoi nous sert d'avoir la volonté.

Car nous ne savons rien, pour nous tout est problème;
Ni quand il faut entrer, ni quand il faut sortir !
Même si nous aimons, dans ce bonheur suprême,
Nous préparons la mort pour nous anéantir.

. . . .
. . . .
. . . .
. . . .
. . . .

Lorsque nous n'avons plus d'enveloppes mortelles
Notre esprit dégagé qui te comprend bien mieux
Monte jusque vers toi : tu lui donnes des ailes,
En ouvrant aux humains l'immensité des cieux.

PHILOSOPHIE

Si nous comprenions bien que, passant sur la terre
Comme un torrent fougueux par le flot emporté,
Nous heurtant tous les jours à quelque angle de pierre ;
Nous franchissons la vie avec rapidité,
Ce flot humain grondant dans le lointain murmure
Et porte jusqu'à Dieu, le bruit de nos sanglots,
Mais nous devons passer, ainsi veut la nature,
Comme la goutte d'eau qui se perd dans les flots.
Mais, si nous raisonnions la mort épouvantable
Quand elle vient faucher quelques-uns d'entre nous,
C'est la commune loi, comme aussi sur le sable
Vient se briser la mer, au milieu du remous.
Où va-t-elle voler, notre âme tout entière,
Lorsque nous dormirons notre dernier sommeil ?
Que nous avons laissé là-bas, cette matière,
Qui va se fermenter aux rayons du soleil ?
Oui ! nous allons, je crois, au pays bleu du rêve,
Dans ce pays lointain d'où l'on ne revient pas.

Et pour notre bonheur où notre vie achève,
Le doux songe d'amour qu'il faisait ici-bas.
Puisque Dieu fait pour nous les fleurs si parfumées
Qu'il nous montre le ciel doucement étoilé
En nous montrant toujours les choses animées
Et qu'il reste à nos yeux un Dieu toujours voilé ;
Nous pouvons, sur son sein fermer notre paupière,
Comme les papillons, les oiseaux et les fleurs,
Lui demandant tous bas dans notre humble prière
De nous ôter bientôt du milieu des douleurs.
Lorsque Dieu nous créa, nous ignorions le monde,
Car, si nous avions su, c'est d'un cri révolté
Que nous aurions dit : non ! d'une voix si profonde,
Que lui, le Créateur, serait épouvanté.
Il nous laisse souffrir, mais il met dans notre âme,
Un doux rayon d'espoir et dans l'immensité,
Il fait luire à nos yeux comme une vive flamme,
En nous montrant partout notre immortalité.
Le soleil vient briller toujours à la même heure ;
Tous les ans nous voyons revenir la saison ;
Eh bien, nous renaîtrons puisqu'il faut que l'on meure ;
Peut-être serons nous sous un autre horizon,
En regardant les cieux, les flots et la nature,
Nous pouvons donc dormir notre dernier sommeil.
Et sans pousser un cri, sans le moindre murmure,
Fermer les yeux au jour, attendant le réveil.

LE COMÉDIEN

Ce soir, il lui faudra jouer la comédie
Et se montrer joyeux quand, dans le fond du cœur,
Il se sent tout navré; mais l'auteur lui dédie
Sa pièce ; il doit jouer, avec un air vainqueur.
Il lui faudra tout haut dire un mot de tendresse
A la femme ici-bas qu'il déteste le plus.
Peut-être exige-t-on une douce caresse,
Et même de danser... tant pis s'il est perclus !
Il lui faut chaque jour faire un nouveau visage,
Etudier son rôle et suivre son destin
On devient comédien, mais quel apprentissage,
Quand on ne veut pas être un simple cabotin.
Il faut la passion, la flamme, le génie,
Il faut savoir sauter, il faut savoir bondir,
Et trouver un accent même dans l'agonie,
Pour voir le monde entier venir vous applaudir.
Mais l'artiste qui sent dans le fond de son âme,
Qui nous fait tressaillir et nous fait palpiter,
Qui jette dans nos cœurs comme un rayon de flamme,
Le monde se l'arrache et l'on veut le fêter.
A lui tous les bravos ! Pour lui cette couronne !
Et l'on voudrait pouvoir lui dresser un autel ;
La foule dit son nom, que le peuple bourdonne
Et son nom deviendra celui d'un immortel.

PASSY, LE TROCADÉRO

Il existe à Paris une oasis connue
Où l'on peut respirer dans toutes les saisons.
L'endroit est ravissant et se perd dans la nue,
Des jardins pleins de fleurs entourent les maisons.
Là ne montent jamais les grand bruits de la foule,
C'est un séjour de calme et de félicité ;
Paris c'est l'Océan, et sa vague se roule
Jusqu'au pied de Passy dans sa tranquillité,
Dans le Trocadéro, dont les jardins splendides
Se pendent à son cou, comme un collier de fleurs.
On y voit un ruisseau dont les ondes limpides
S'égrènent sur son sein comme un torrent de pleurs.
De cet endroit béni, vous dominez la Seine,
A vos pieds lentement, vous la voyez couler;
A gauche le Palais, plus loin la Madeleine,
Et, de nos vieux débris, le fier dôme briller.
Là-bas dans le lointain se montre à notre vue,
Sèvres, Saint-Cloud, les bois, qui se mirent dans l'eau;
Sur ce point culminant domine Bellevue,
Placé sur le plus haut, le plus riant coteau;
On aperçoit Meudon caché sous le feuillage,
Lorsque vient à glisser, dans ce vaste horizon,
Les mouches, les bateaux dont on voit le sillage,

Passer comme un éclair dans la belle saison;
Le bois est près de là, plein d'ombre et de mystère,
Il entoure Passy d'un cercle gracieux;
Le gazon toujours vert qui pousse sur la terre,
Aux pieds des marronniers qui touchent jusqu'aux [cieux.
Passy c'est le pays des douces rêveries,
C'est le port, le salut près du flot tourmenté,
C'est là qu'on peut cueillir les fleurs dans les prairies,
C'est là qu'on vient passer les beaux jours de l'été.
C'est là qu'on voit passer de belles amazones,
Des cavaliers et des voitures en tout temps,
C'est là, — pas n'est besoin de dépasser les zones. —
Que viennent les oiseaux et les fleurs au printemps.
A Passy, vous voyez souvent des équipages;
Car ce sont tous rentiers ou gens très sérieux,
Souvent un romancier y corrige ses pages,
Cherchant le calme et l'ombre, un coin mystérieux ;
Et la nuit, quand tout dort, que Paris sous des voiles
Semble s'être endormi dans un léger sommeil,
On dirait que le ciel y sème ces étoiles (1)
Qui vont se dissiper aux rayons du soleil.

. . . .

. . . .

Lecteur, pardonnez-moi si je n'ai su vous faire
En quelques traits légers ce ravissant portrait;
C'est que je peins si mal, s'il n'allait pas vous plaire
Vous me pardonneriez . — Je l'ai fait d'un seul trait.

---

(1) Les becs de gaz font cet effet là dans la nuit.

LE VER LUISANT ET LE PUCERON

FABLE

Un ver luisant, dans la prairie,
Promenait sa douce clarté.
Et sur une rose fleurie,
Un puceron vivait en liberté.
Oh ! disait-il tout bas, regardant dans la mousse,
La tremblante lueur qui vacillait si douce,
Il est vraiment heureux de porter un flambeau.
Pourquoi? quand Dieu le fit, le créa-t-il si beau ?
Le ver se promenait tranquille
Au pied d'une belle jonquille,
Mais en se promenant il fut à découvert,
Un gamin le guettait, il avait l'œil ouvert,
Oh ! dit-il, comme il est en vie ;
Je puis contenter mon envie ;

Et se baissant bien vivement,
Il prit le ver à ce moment.
Mais, hélas, oh ! douleur amère,
Vite il éteignit sa lumière
Quand on le touche c'est le sort,
Bien délicat et vite mort.
Le puceron le vit et se cachant dans l'ombre ;
Oh ! je crois qu'il vaut mieux rester dans un coin [sombre ;
Je crois que sur les fleurs il vaut mieux sommeiller
Il en côute toujours ici-bas de briller.

LA SEINE LA NUIT

Pourquoi rouler ainsi tes flots noirs dans cette ombre?
Pourquoi rouler ainsi doucement et sans bruit?
J'aime à te voir passer, la nuit, quand il fait sombre,
Et sur tes bords déserts venir rêver la nuit.
Pourquoi, comme les jours, passer dans le silence,
Car jamais sur la rive on n'entendra tes flots :
Tu dois couler ainsi dans ta douce indolence,
Emportant sans regrets nos larmes, nos sanglots.
Quand la lune sur toi vient se jouer rêveuse,
T'éclairant doucement de sa pâle clarté,
Oh ! je vois, dans le noir de mon âme songeuse,
Ses rayons argentés, comme sur la cité
Des points noirs, lumineux briller sur ta surface,
Parfois rouges ou verts ; (1) mais tu ne les sens pas.
Et tu n'as pas de cœur et sur toi tout s'efface,
Car jamais sur ton cours nul n'a gravé son pas.
Tu peux bien emporter, dans ta course rapide,
Les étoiles d'argent et les mener au port,

(1) Bateaux à vapeur.

Elles viennent la nuit sur ton linceul humide,
Eclairer d'un reflet le dernier jour du mort.
Pourquoi désespérer ainsi de l'existence?
Pourquoi donc te tuer, oh ! malheureux mortel ?
Tous nous sommes frappés de la même sentence,
En attendant la mort, prions près d'un autel.
Je veux te voir couler et, sans que tu dévies,
Et le jour et le soir pendant notre sommeil ;
Je veux te voir couler comme coulent nos vies,
Plus souvent dans la nuit, qu'aux rayons du soleil.

LE RETOUR DU MARIN

Salut ! à toi, noble et belle patrie,
Qui m'apparait tout près de mon vaisseau ;
En te voyant, mon âme est attendrie
Et je suis fier de servir ton drapeau.
Noble étendard, signe de la vaillance,
Qui bien longtemps passa fier et vainqueur,
Salut à toi, bannière de la France,
A toi mon sang, ma vie, à toi mon cœur !
Un jour, pâlit dans le ciel ton étoile,
Notre drapeau fut recouvert de sang,
Regarde-le en écartant son voile,
Il reprendra bientôt le premier rang.
Il ne faut pas de canon, de mitraille ;
Car il vaut mieux, c'est pour nous le bonheur,
Forger la paix qu'amener des batailles,

Français, pour nous, voilà le point d'honneur.
Vois tu-la-bas s'apaise la tempête,
Le Monde entier dort d'un profond sommeil,
France, il est temps de relever la tête ;
Voici pour toi le moment du réveil.
Réveille-toi, douce et belle patrie,
Ne sens tu pas, devant l'Immensité,
Bondir ton cœur et ton âme attendrie,
Oh ! de la mort... sauvons la Liberté !

Je vous ai dit adieu, vous avez dû sourire,
Et vous avez compris que je ne le puis pas ;
Que si je m'éloignais, dussiez-vous me maudire,
Malgré moi, je viendrais, pour écouter vos pas.
Oh ! laissez dans la nuit doucement étoilée,
Ma lyre résonner pour calmer vos douleurs,
La muse qui gardant la figure voilée
En m'inspirant des vers, sur vous sème des fleurs,
Que je voudrais pouvoir changer en immortelles,
Voir toujours refleurir, et, dans l'immensité,
Parcourir l'horizon comme des hirondelles
Se faner à vos pieds dans l'Immortalité.

....

....

....

« Et la muse le dit : tout s'envole en fumée
« Il ne te reste rien qu'une lyre à la main,
« Le seul bonheur est là c'est dans la renommée,
« Car l'amour n'a qu'un jour, la Gloire un lendemain. »

FATMAH

POÈME CANTATE

PREMIÈRE PARTIE

FATMAH

POÈME CANTATE

PREMIÈRE PARTIE

Ma mère adieu ! c'est ton fils qui t'implore :
Je vais partir au moment du réveil
Et sous les plis du drapeau tricolore
Aller bien loin au pays du soleil.
Tu me disais : dès ma naïve enfance
Tu grandiras pour devenir soldat ;
Mais souviens-toi qu'un enfant de la France
Ne tremble pas au moment du combat.
Sous le canon jusque dans la fumée
Et sans pâlir, toujours au premier rang :
Oh ! je devais, pour l'honneur de l'armée,
Donner ma vie et donner tout mon sang :

Et bien, je pars! je cours à la victoire!
Et si je meurs ah! qu'un rayon vermeil,
Bien doucement vienne éclairer la gloire
Qui veillera sur mon dernier sommeil.

CHŒUR DES SOLDATS

Le tambour bat, le clairon sonne,
Et nous sentons, dans notre cœur
Et dans notre âme qui frissonne,
Qu'un Français doit-être vainqueur;
Tous nous partons remplis d'ivresse,
Espérant trouver le bonheur,
Et le doux rêve qu'on caresse,
La gloire avec la croix d'honneur.
Le tambour bat, le clairon sonne.....

Au loin la mer est agitée;
Bien vite elle calme ses flots,
Quand elle voit sur la jetée
Apparaître nos matelots.
Le tambour bat, le clairon sonne.....

Sur le vaisseau montons, courage!
Regardons dans l'immensité
Là-bas cette horde sauvage
Qui fuit devant la liberté.

CHŒUR DES SOLDATS

Sous le beau ciel de l'Algérie
Nous marchons toujours en avant,
En suivant notre artillerie
Sous nos pieds le sol est mouvant,
Il fait chaud, c'est une fournaise
Et pas la moindre goutte d'eau;
Mais nous sommes toujours à l'aise
Pour défendre notre drapeau.
Là-bas, près des cactus sauvages,
Les Arabes vont nous guetter,
Mais malgré tous leurs avantages,
Nous, nous allons les dépister.
Pif paf... auprès de nos oreilles
Les balles pleuvent, c'est un sort.
Mais si nos armes sont pareilles
Nous, nous ne craignons pas la mort,
Hélas, c'est un frère qui tombe
Loin de sa mère et du pays,
A peine aura-t-il sur sa tombe
Les larmes de quelques amis.

CHANT DE FATMAH

Oh ! je l'ai vu tomber sous un palmier sauvage:
Il est étendu là sous cet arbre voilé:
La lune doucement éclaire son visage
Et je crois qu'il est mort, sous le ciel étoilé.
Son cœur bat, son œil s'ouvre et je sens une flamme
Qui me brûle la main et me remonte au cœur.
De la pitié pour lui s'éveille dans mon âme,
Et pourtant, ce Français, il est notre vainqueur.
Je me penche sur lui, mais sa lèvre murmure :
Chrétien, ne tremble pas aujourd'hui sur ton sort,
Je connais un secret qui guérit la blessure
Et je te sauverai malgré tout de la mort.
Il faudra le cacher, ma tribu se promène
Et si nous entendons, quelques cris déchirants,
Ah ! ce sont les chacals, c'est le cri de la hyène
Qui viennent dévorer les morts et les mourants.

CHANT DE FATMAH

Trente fois le soleil, de sa lumière ardente,
Est venu caresser le sable du désert.
Depuis qu'il est ici, moi je vois sous la tente
Briller un doux rayon dans son œil grand ouvert.
Tout à l'heure en tremblant une main dans la mienne
Sous les lauriers fleuris, il va venir s'asseoir,
Et ma main pressera bien doucement la sienne,
Sous le ciel étoilé, quand il viendra ce soir.

Oh ! je voudrais te voir passer dans la rafale
Et sur un noir coursier, un fusil à la main,
Pressant de tes genoux une noire cavale,
Voir ployer sous tes pas le faible genre humain,
Voir le parfum des fleurs, de la nature entière,
Embaumer doucement tes songes gracieux,
Et sur tôn front hautain et sur ta tête altière
Une étoile briller qui descendit des cieux !
Me diras-tu pourquoi, dans la nuit étoilée,
Lorsque j'entends ta voix qui me fait tressaillir,
Et que je t'aperçois sous la lune voilée ,
Le doux bruit de tes pas, me fait soudain pâlir.

LUI

Je t'aime, oh ! ma Fatmah ! et ton pas de gazelle,
Quand je t'entends venir, je me sens palpiter,
Et tout bas, je me dis : ce bruit léger c'est elle !
Et je tremble en songeant qu'il faudra nous quitter.
Partons, quittons ces lieux, ma douce bien-aimée,
En France tu verras, sur le bord du ruisseau,
La fleur qui penchera sa tête parfumée
En écoutant tout bas le doux chant de l'oiseau.
Fatmah ! dans mon pays tu te feras Chrétienne;
Ma mère aux cheveux blancs, t'attend les bras ouverts
Et placera ma main en tremblant dans la tienne,
Mais il faut dire adieu pour toujours aux déserts.

CHANT DE FATMAH

Ah ! tu n'y songes pas, il faut quitter mon père,
Ma tribu, sans espoir je dois leur dire adieu !
Mais au fond du désert, on porte une âme fière
Et Fatmah ! ne veut pas, jamais quitter son Dieu.

Vois les fleurs près de nous, se penchent demi-closes,
Elles vont se sécher bientôt sous la chaleur;
Et je voudrais mourir, mourir comme les roses
Sous ce simoun brûlant qu'on nomme la douleur.

Tu vois ce noir rocher où souffle la tempête ?
Lorsque tu partiras seul au déclin du jour,
Oui c'est là que j'irai pour me briser la tête,
Car je ne pourrai pas compter sur ton retour.

CHŒUR DES SOLDATS

Jeune fille, écoutez, avez-vous notre frère
Que nous avions laissé, refroidi, tout glacé?
Il était étendu, là sur ce coin de terre;
Et nous vous demandons où vous l'avez placé.

CHANT DE FATMAH

Il vit; emmenez-le sous ce coin de feuillage ;
Ah ! je l'avais soigné sur de tremblantes fleurs ;
Du vaisseau sur la mer on verra le sillage
Et sur mes traits flétris la trace de mes pleurs !

Henri, pars, sois heureux, puisque tout t'y convie
Que ta mère t'attend près d'une jeune sœur,
Emporte mon bonheur, emporte aussi ma vie,
Et plante maintenant un poignard dans mon cœur.

DUO

Mais ta main tremblerait, car tu deviens tout blême,
Et tu n'oserais pas frapper d'un coup mortel,
Une femme en mourant qui te dirait, je t'aime!
Et veux que son amour pour toi soit éternel.

Lui

Mais ma main tremblerait et je deviens tout blême,
Car je n'oserais pas frapper d'un coup mortel,
Une femme en mourant qui me dirait : je t'aime!
Et veux que son amour pour moi soit éternel.

Chant de Fatmah

Henri, tu vois la nuit doucement étoilée
Eh bien, lorsque sur toi se lèvera le jour,
Oh! promets-moi tout bas, dans ton âme voilée
De prier pour Fatmah! morte pour ton amour.

Lui

Le drapeau, d'un côté! la France ma patrie,
Et de l'autre je vois la femme que j'aimais.
Le devoir avant tout si mon âme est flétrie [çais.
Ah! c'est que dans mon cœur, il coule un sang fran-

CHŒUR DES SOLDATS

Le drapeau

Salut, drapeau de la Patrie,
Qui veilla sur notre berceau,
Qui couvres la mousse flétrie,
Sur nos soldats dans le tombeau.
Sous tes plis que le vent caresse,
On voit nos jeunes bataillons,
Préférant la gloire à l'ivresse
Et portant haut leurs pavillons.
Salut, signe de délivrance
Qui viens dans l'Immortalité
Briller ; beau drapeau de la France
Sois celui de la liberté.

Ils partent

DEUXIÈME PARTIE

DEUXIÈME PARTIE

CHŒUR DES FEMMES ARABES

Viens, ô jeune fille,
Ne fais pas de bruit;
Vois, l'étoile brille,
Car voici la nuit.
Pourquoi cette lance?
Nous suivons tes pas.
Et dans le silence,
Tu ne réponds pas.

FATMAH

Vois la mort est belle,
Je veux me pencher,
Cueillir l'immortelle
Sur ce noir rocher.
Peut-être on oublie,
Dans le noir séjour.
Voilà ma folie:
C'est d'aimer d'amour.

CHŒUR DES FEMMES ARABES

Ton père t'appelle,
Nous suivons sa loi.
Il nous dit : c'est elle,
Ramenez-la-moi.
Reviens, jeune fille,
Ne fais pas de bruit;
Vois, l'étoile brille,
Car voici la nuit.

CHANT DE FATMAH :

Mon âme à son amour était donc enchaînée ;
Je ne puis l'arracher ! elle est toujours là-bas,
Et je dois me plier comme une condamnée,
Je suis comme un boulet attachée à ses pas.
Pitié! pitié pour moi, car il court dans ma veine
Comme un torrent brûlant qui vient me consumer,
Et, sous ce ciel de feu, dans cette nuit sereine,
Ou donnez-moi la mort ou laissez-moi l'aimer !
Il est parti, je souffre et lorsque l'on m'effleure,
On me montre du doigt, voilà ce que l'on dit :
Si j'incline le front et si tout bas je pleure
C'est que j'aime un Chrétien, c'est que j'aime un mau-
[dit.
Les fleurs demi-closes
Se penchent sans bruit;

Et parmi les roses
Je le vois la nuit.
Quand les hirondelles
Nous font leurs adieux,
Je voudrais des ailes,
Voler sous les cieux,
Et, dans le nuage,
Qui passe souvent,
Je vois son image
Qu'emporte le vent !

Que le désert est grand, comme il paraît immense !
Depuis qu'il est parti, la voix d'un chamelier,
Résonne dans la nuit et surtout quand je pense
Qu'ici, moi je vis seule et qu'il peut m'oublier.
Oh ! s'il savait combien je suis abandonnée,
Moi qui n'aime plus rien, ni l'oiseau ni les fleurs,
Et qui tristement meurs languissante et fanée,
Dans le chagrin brûlant et le torrent des pleurs !
Deux ans sont écoulés et je prie et je pleure,
Je ne le verrai plus! ne plus le voir jamais !
Je souffre tant, mon Dieu, qu'il vaut mieux que je meure !
Henri si tu savais ! comme hélas je t'aimais,
Ce sentiment divin, qui seul vit dans mon âme
Oh ! je puis sans rougir en parler devant Dieu ;
Ce n'est pas de l'amour une brûlante flamme,
J'ai su que je t'aimais... en te disant adieu.
Je voudrais me pencher sous tes pas, dans la mousse,
Être l'oiseau léger, rapide, gracieux,

Qui vient chanter pour toi de sa voix la plus douce,
Être l'étoile d'or qui te sourit aux cieux;
Ou passer près de toi, lorsque la nuit est sombre !
Comme le vent léger effleure tes cheveux.
Si je pouvais te suivre et marcher dans ton ombre!
Mahomet n'entend plus, n'exauce plus mes vœux.

CHŒUR DES SOLDATS

Le tambour bat, le clairon sonne,
Et nous sentons dans notre cœur
Et dans notre âme qui frissonne,
Qu'un Français doit être vainqueur.

FATMAH

Soldat, que me veux-tu, pourquoi parler encore,
De lui puisqu'il n'a pu jusqu'ici revenir?
Il savait qu'au désert une femme l'adore,
Pleure et qu'elle ne vit que de son souvenir.

UN SOLDAT

Je l'ai vu, la pâleur peinte sur le visage,
Je lui touchais la main, il était expirant.
Oh! me dit-il, tout bas, va vers l'autre rivage,
Va porter à Fatmah les adieux d'un mourant.

FATMAH

Il est mort..... et je vis ; mais l'air que je respire,
Devrait en m'étouffant emporter dans ses flots
Mon cœur anéanti qui lentement soupire
Et le faire périr au milieu des sanglots.
Il est mort... et je vis ! quelle affreuse torture,
Tout devrait s'écrouler à l'instant sous nos pas.
Et le soleil et toi, maître de la nature!
A quoi sert de pleurer? tu ne nous répondspas.
Il est mort et peut-être il est dans l'autre vie,
Dans ce pays lointain d'où nul n'est revenu,
Et le bonheur pour moi, le seul qu'ici j'envie,
Ce serait de le suivre en ce monde inconnu.
Dieu des chrétiens, toi seul que maintenant j'im-
Tu le vois, je me mets à genoux devant toi, [plore,
Puisqu'il t'aimait, mon Dieu, permets que je t'adore.
A la pauvre Fatmah ! donne un rayon de foi.

CHANT DE FATMAH

Adieu, mon père, adieu, je quitte ma patrie.
En vain vous essayez de retenir mes pas,
Par vous je suis maudite et je serais flétrie.
Mais le Dieu des Chrétiens ne vous entendra pas.

LE PÈRE DE FATMAH

Pourquoi donc, mon enfant, quittes-tu tes compagnes
Pourquoi me laisses-tu seul au déclin du jour?
Oh ! je veux que le ciel t'écrase et les montagnes
Puissent en s'affaissant étouffer ton amour.

FATMAH

Je veux bientôt partir, et je voudrais des ailes;
La France m'apparaît dans le lointain là-bas;
Je veux pouvoir sur lui semer des immortelles.
S'il pouvait me revoir et me parler tout bas,
Mon père je serais jalouse de la mousse,
Qui le recouvrira, du pâle et doux rayon,
Du petit ver luisant dont la lumière douce,
Sur lui scintillera dans l'humide gazon.
Je voudrais sur sa tombe être la pâle rose
Qui toujours languirait aux rayons de soleil,
Et qui se pencherait où sa tête repose
Pour pouvoir l'embaumer dans son dernier sommeil!

LE PÈRE DE FATMAH

Fatmah ! tu veux partir et quitter ton vieux père !
Tu ne veux pas rester pour lui fermer les yeux!
Eh bien, que Mahomet exauce ma prière,
Puisses-tu revenir pour mes derniers adieux.

TROISIÈME PARTIE

TROISIÈME PARTIE

CHŒUR DES RELIGIEUSES

Seigneur, en ce jour d'allégresse,
Dans ce moment délicieux,
Eloigne de nous la tristesse
Et montre-nous l'éclat des cieux.
Qu'auprès des anges dans la Gloire
Nous puissions te voir en ce jour,
Afin que nous chantions victoire!
En te donnant tout notre amour.

CHANT DE FATMAH

J'ai voulu le revoir et prier sur sa tombe,
Dans ce pays lointain venir m'agenouiller
Et maintenant je sens, dans ma douleur profonde,
Que je ne pourrai pas, mon Henri, t'oublier.

Loin des miens, de mon père et loin de ma patrie,
J'ai voulu rechercher la trace de ses pas,
J'ai pu la retrouver sur la mousse flétrie,
Et j'ai tout oublié de ce qui vit là-bas.

....

....

Voici des chants, des fleurs dans la sainte Chapelle,
J'ai reçu le baptême et je suis une sœur ;
Je comprends maintenant que l'âme est immortelle
Et qu'un amour jamais ne s'arrache du cœur.

TABLE DES MATIÈRES

5954. — Paris-Auteuil. — Imp. des Apprentis-Orph. — Roussel, 40, rue La Fontaine

www.ingramcontent.com/pod-product-compliance
Ingram Content Group UK Ltd.
Pitfield, Milton Keynes, MK11 3LW, UK
UKHW020951180726
13838UKWH00003B/1265

9 782329 339221